Necronomicon i Sverige

NECRONOMICON I SVERIGE

*Sammanställd
av Rickard Berghorn*

Översättningar av Rickard Berghorn
& Annika Johansson

ALEPH
Bokförlag

Howard Phillips Lovecraft (1890-1937): "Necronomicons historia" ("History of Necronomicon", 1927) och Ralph Adams Cram (1863-1942): "Den Döda Dalen" ("The Dead Valley", 1895) – översättningarna publicerades tidigare i boken *Necronomicon i Sverige* (Aleph Bokförlag 2002). I samma bok publicerades en kortare version av Rickard Berghorns "Necronomicon i Sverige"; denna bearbetade och utökade version originalpubliceras här. Bilden på titelsidan är en målning av Pieter Van Laer (c:a 1599-1641), "Magisk scen med självporträtt". Teckningen på sid. 6 är en illustration till "Count Magnus" av Sebastián Cabrol, tidigare bara publicerad på internet och fritt nedladdningsbar. Alla fotnoter har skrivits av Rickard Berghorn. Lovecrafts, Berghorns och Crams texter i denna bok är skönlitterära och skall inte uppfattas som fakta.

Necronomicon i Sverige är första, fristående delen i Aleph Bokförlags serie "Necronomicon i Norden".

Omslaget är tecknat och formgivet av Nicolas Krizan.

© 2020 Aleph Bokförlag och respektive upphovsman. Inlagan är formgiven av Rickard Berghorn. Första upplagan. Tryckt och distribuerad av Ingram Content Group LLC i La Vergne, TN, USA 2020.

ISBN 978-91-87619-19-9

Innehåll

NECRONOMICONS HISTORIA ... 7
Av H.P. Lovecraft

NECRONOMICON I SVERIGE ... 11
Av Rickard Berghorn

DEN DÖDA DALEN ... 46
Av Ralph Adams Cram

Necronomicons historia

Av H.P. Lovecraft

Originaltitel: *Al Azif* – "azif" är det ord araberna använder för att beskriva det nattliga ljud (från insekter) som antas vara demoners tjut.

Författad av Abdul Alhazred, en galen poet från Sanna i Jemen, som sägs ha blomstrat under kaliferna Omayyads styre omkring år 700. Han besökte Babylons ruiner och Memfis underjordiska hemligheter och vistades ensam tio år i Arabiens stora öken i söder – för forntida araber Roba el Khaliyeh eller "den öde platsen" och för nutida "Dahna" eller "den blodröda" öknen, vilken anses vara befolkad av onda skyddsandar och dödsmonster. Många sällsamma och otroliga förunderligheter omtalas om denna öken av de som säger sig ha genomkorsat den. Sina sista år uppehöll sig Alhazred i Damaskus, där *Necronomicon* (*Al Azif*) skrevs, och om hans slutliga död eller försvinnande (år 738) berättas många fruktansvärd och motsägelsefulla historier.

Ebn Khallikan (levnadstecknare från 1100-talet) gör gällande att han blev överfallen av ett osynligt monster i fullt dagsljus och på ett fruktansvärt sätt uppslukad inför ett stort antal lamslagna vittnen. Om hans galenskap berättas många historier. Han påstod sig ha sett den fabulösa Irem eller Pelarstaden, och att han under ruinerna av en viss namnlös ökenstad hade funnit de ohyggliga minnena och hemligheterna efter ett släkte äldre än mänskligheten.

Inför den muslimska tron var han blott likgiltig, och tillbad istället gudomar vilka han benämnde Yog-Sothoth och Cthulhu.

År 950 blev *Al Azif*, vilken hade erhållit en betydande om än förstulen spridning bland tidens filosofer, i hemlighet översatt till grekiska av Theodorus Philetas i Konstantinopel under titeln *Necronomicon*.

Under loppet av ett sekel förmådde den vissa intellektuella till fruktansvärda experiment, innan den förbjöds och brändes av patriarken Mikael. Hädanefter nämns den enbart i det fördolda, men senare under medeltiden utförde Olaus Wormius en latinsk översättning (1228), och den latinska texten trycktes två gånger – ena gången på 1400-talet i frakturstil (tydligen i Tyskland) och en gång på 1600-talet (förmodligen i Spanien); båda utgåvorna saknar utgivningsuppgifter, och har endast genom typografiska egenheter i innehållet kunnat placeras i tid och rum.

Arbetet, både på latin och grekiska, bannlystes av påven Gregorius IX år 1232 kort efter översättningen till latin, vilken hade fäst uppmärksamheten på det.

Den arabiska originaltexten gick förlorad så tidigt som på Wormius tid, som hans företal omnämner; och ingen skymt av den grekiska texten – som trycktes i Italien mellan åren 1500 och 1550 – har omtalats sedan ett bibliotek tillhörande en man i Salem brann upp år 1692. En engelsk översättning utförd av dr [John] Dee trycktes aldrig och har bara återfunnits i fragment av originalets handskrift.

Av de latinska texterna som ännu existerar finns kännedom om en (från 1400-talet) bakom lås och bom i British Museum, och en annan (från 1600-talet) i Bibliotheque Nationale i Paris. En utgåva från 1600-talet finns i Widener Library i Harvard, liksom i Miskatonics universitetsbibliotek i Arkham; och även i biblioteket i universitetet i Buenos Aires.

Otaliga andra kopior existerar förmodligen i hemlighet, och envisa rykten gör gällande att en 1400-talsutgåva finns i en berömd amerikansk miljonärs samling. Ett ännu vagare rykte gör gällande att familjen Pickman i Salem har bevarat en grekisk utgåva från 1500-talet; men om den fanns där, gick den förlorad med konstnären R.U. Pickman, som försvann tidigt år 1926.

Boken hemlighålles rigoröst av myndigheterna i flertalet länder samt av alla organiserade trosinriktningar. Läsning av den leder till fruktansvärda konsekvenser. Det var från rykten om denna bok (som mycket få bland allmänheten känner till) som R.W. Chambers sägs ha fått idén till sin tidiga roman *The King in Yellow*.

History of Necronomicon (1927)
Övers. Rickard Berghorn

Den unge H.P. Lovecraft 1919 utanför bostaden på
598 Angel Street i Providence.

NECRONOMICON

Abdul Alhazzared

Thet är Arabens Book Al Azif
aller De Döda Namnens Book
Först på Fransöska skrefne
utaf

PARACELSUS

Ærckie-Biskop af Cambray sampt
Första af Romerska Riket/
men nu;
Efter den senaste förbättrade uplaggningen
öfwersatte.

Första Delen.

STOCKHOLM,
Tryckt Anno 1723.
i Stor-Furstendömet Finland

Necronomicon i Sverige

AV RICKARD BERGHORN

Här följer ett utkast till historieskrivning över *Necronomicons* närvaro i svensk historia. Jag skriver "utkast" eftersom området ännu är tämligen outforskat och all historieskrivning därför nödvändigtvis blir skissartad. Men detalj har omsider lagts till detalj, området fortsätter sakta att växa och konturerna blir skarpare. Kort sagt: Detta är en utökad version av den text som publicerades år 2002, och som i sig var grundad på en mycket ofullständig föreläsning som hade hållits av mig (Rickard Berghorn) på en litteraturkongress i Linköping 1996.

Denna mystiska grimoire, som den amerikanske författaren Howard Phillips Lovecraft (1890-1937) först gav popularitet åt, har åtskilliga gånger visat sig i vårt land, och här finns till och med en översättning till svenska språket. Internationellt har dessa fakta aldrig återgivits eller tagits upp för behandling. Förmodligen beror den beklagliga ignoransen på vårt avgränsade språkområde. Kanske grundar den sig också på att Lovecraft alltid har varit en angelägenhet för en sluten krets entusiaster i Sverige, varför fakta i frågan aldrig har nått utanför fåtalet.

Jag har till denna översikt företagit mig efterforskningar i Kungliga Bibliotekets och samlingar av brev och skrifter, men även besökt många antikvariat företrädesvis i trakten av Stockholm och Uppsala.

Jag vill ännu en gång framhålla att detta inte är någon komplett genomgång av ämnet, och jag blir tacksam om det följande kan inspirera andra att forska vidare. Ämnet är stort och dunkelt, och de fakta som blivit kända förefaller i vissa stycken vara motsägelsefulla.

*   *   *

Den utländska historieskrivningen kan vi i detta sammanhang lämna därhän; den intresserade kan lätt finna den i böcker främst på engelska språket, och H.P. Lovecrafts egen dito hittas i denna bok.

Mitt personliga intresse av *Necronomicon* och dess svenska historia kan härledas till den fragmentariska handskrift jag fann hos en bortgången släkting i Stockholm år 1995. Fragmentet berättar om min förfader Jacob Bogrens upplevelser strax innan första världskriget, händelser som kan härledas ända till Erik XIV:s tid vid tronen 1560-68. Bogrens fragment och händelserna vid den svenska renässanstronen kommer att meddelas och analyseras separat i en följande bok i serien "Necronomicon i Norden", av vilken den här föreliggande boken är första delen. Skandalen vid Erik XIV:s hov är hur som helst den tidigaste uppgiften vi känner till om *Necronomicons* svenska historia, ehuru inte sammanlänkade med senare tilldragelser på något uppenbart sätt, med undantag av just det bogrenska fragmentet.

*   *   *

Låt oss för en stund vända blicken över Atlanten. I juni år 1882 nedföll en meteorit vid en bondgård väster om Arkham i New England, USA. Möjligen genom strålning påverkade meteoriten omgivningen med följden att träd och växtlighet började växa till fantastisk storlek, för att sedan angripas av obeskrivliga – eller direkt *främmande* – färgnyanser och därefter förtvina och vittra sönder. Förfallet och förvittringen drabbade även gårdens invånare. Området blev efterhand dött och ofruktbart. Denna händelse skildrade H.P. Lovecraft i sin berättelse "The Colour Out of Space" (1927).

Det förefaller mycket möjligt att en liknande händelse har inträffat i närheten av Ängelholm i Skåne. På Hallandsåsen i riktning

12

Tycho Brahe i sitt observatorium Uraniborg.

mot Vallberga lär en sänka med en bredd på ungefär fyra kilometer ligga, "nästan lika slät och regelbunden som om den vore gjord av människohand", för att citera ett vittne. Denna sänka kallas vanligtvis Döda Dalen, eftersom inte ens gräs lyckas överleva i den ödslighet som utmärker platsen.

År 1596 tillhörde Skåne ännu Danmark, och på ön Ven utförde den ryktbare astronomen Tycho Brahe (1546-1601) sina observationer av stjärnhimlen. Natten den 15 september det året noterade han ett ovanligt ljusstarkt stjärnfall i rakt nordlig riktning; och när det försvunnit bortom horisonten kunde strax ett svagt men

13

tydligt jordskalv förmärkas. Ett dimmigt ljussken lyste även upp horisonten vid den punkt där meteoriten försvunnit. Helt naturligt intresserade detta i högsta grad astronomen, som redan dagen efter började försöka skaffa fram upplysningar om "besöket från sfärerna".

De uppgifter som nådde honom per häst och bud inom några veckors tid föreföll honom dock så befängda att han vägrade befatta sig med dem. I ett brev från 10 oktober beklagade han sig för den nykrönte konung Kristian IV, som höll honom under sitt beskydd. Han skriver (i moderniserad översättning):

> Synbarligen vill folk, de vilka bevittnat nedslaget, få mig att tro på såväl troll som mörkrets härskaror – vilka nu må finnas fastän näppeligen kan tänkas ha något att göra med ett stjärnfall, ty de övre Rymderna kan blott vara förbehållna Den Högste. Dessa meddelanden förtäljer mig att det som från himlen föll var en så kallad "skärva av yttersta mörker och fasa", och att kraften som utgår från den grop som uppkom "fräter sönder såväl vilja som livskraft" hos allt som närmar sig den. En gammal – förment klok – boklärd i trakten mumlar därtill att "blott de Forna Gudarna, vilka en avskydd arab vid namn Alhazred lär ha skrivit om, äro mäktiga en slik kraft". Märk väl att Gud Fader inte längre duger åt fåvitskt folk!

Tycho Brahe frågade sedan konungen om medel för att resa till Skåne och på egen hand undersöka saken. Men det verkar som om Kristian IV ville nedtysta händelsen – kanske hade han nåtts av ytterligare information om meteoriten på andra vägar – eftersom han vägrade understödja expeditionen och de facto befallde Brahe att bränna alla sina anteckningar om nedslaget. Brahe måste motvilligt ha böjt sig för kravet eftersom de anteckningar som återstår om denna intressanta och uppenbart viktiga händelse är högst sparsamma – det som berättats här är i stort sett allt. Man kan gott anta att denna händelse orsakade sprickan som vid samma tid skiljde den vetenskaplige och den världslige potentaten från varandra, och som 1597 ledde till att Tycho Brahe lämnade Danmark närmast i landsflykt. Detta efter att en upprörd folkmassa hade försökt storma hans hem. I historieböcker anses det ha varit Kristian IV:s ombud som viglade upp folket, även om samma källor har svårt att redogöra några riktigt konkreta skäl till kungens agerande.

Hovets nedtystning av meteoriten vid Hallandsåsen var tydligen effektiv eftersom ytterst få känner till händelsen eller är bekanta med den Döda Dalen. En av de få som gjorde det var teosofen, filosofen och översättaren Axel Frithiof Åkerberg (1833-1901).

Han föreslog 3/4 1895 i ett förhoppningsfullt brev till redaktören av *Nordisk familjebok* Theodor Westrin, att uppslagsverket skulle införa en artikel om Döda Dalen i det kommande supplementet, och bifogade ett textförslag. "Måhända kan det blygsamma honoraret i alla fall förskaffa mig några potäter och morötter att gnaga på, i brist på festmåltider", skriver den fattige och excentriske mannen (som också var vegetarian) med sin karakteristiska humor. Artikelutkastet är förlorat, men inte redaktör Westrins svar en vecka senare. Brevet uppvisar händelsevis något av samma upprörda förakt som Tycho Brahe hade uttryckt:

> Nog vet jag att herr Åkerberg har villat bort sitt skarpa sinne i Madame Blawatskis [*sic*] ockulta dimmor, dock är detta överhövan. Ett mischmasch av kosmiska observationer från Uraniborg, orientalisk vidskepelse, neddimpande stenar från firmamenten och en ofruktbar dalsänka på vår fosterländska Hallandsås – – – Min gode herre, han som är så väl bevandrad i alla civiliserade språk, borde därtill begripa att boktiteln "Necronomicon" icke ens är städad grekiska![1] – Vilket i sig avslöjar uppgifterna såsom frambärande icke blott en skröna, utan profan rappakalja.

---

1 Detta intressanta påpekande faller dock på att det ofta skedde att titlar på böcker etc. förvanskades i antika översättning från arabiska till grekiska och tvärtom; Ptolemaios *Almagest* är ett sådant exempel, vilket Lovecraft själv nämnde i ett brev till Henry O. Fischer i februari 1937 för att förklara de språkliga egenheterna i *Necronomicons* titel.

Morötter hittar Åkerberg säkert att fylla magen med, någon publicering och än mindre arvode kan han däremot icke räkna med denna gång.

Dock existerar om dalen en andrahandsskildring, som år 1895 publicerades av en berömd arkitekt, amerikanen Ralph Adams Cram (1863-1942).[1] Cram var fascinerad av gotisk arkitektur och gjorde upprepade resor i de nordliga länderna för att studera historiska byggnader, huvudsakligen i Sverige. Detta intresse ledde till att han blev god vän med en lärd svensk-amerikan, som berättade för honom om sina upplevelser vid Hallandsåsen i barndomen. Den berättelse som Cram nedskrev, enkelt betitlad "The Dead Valley" och beundrad av Lovecraft i hans litterära essä *Supernatural Horror in Literature* (skriven 1925-27), återtrycks i översatt form på annat ställe i denna bok.

Det visar sig också finnas en personlig koppling mellan Cram och Lovecraft. Ralph Adams Cram var god vän med poeten Louise Imogen Guiney (1861-1920), och de var båda medlemmar i den konstnärliga cirkeln "The Visionists" i Boston. När vår Lovecraft var barn hyrde föräldrarna bostad av miss Guiney; det var till och med hon som inspirerade och uppmuntrade pojken till att börja skriva. Det kan verkligen inte anses vara osannolikt att Cram besökte henne under samma period. Och vi ser framför oss hur den berömde arkitekten med smak för *weird tales* berättade för lille Lovecraft allt han visste om urtida makters koppling till en svensk dalsänka som utplånade liv och själar.

*   *   *

Med *Necronomicons* latinska upplaga som underlag ombesörjde den välkände läkaren, filosofen och astrologen Theophrastus Paracelsus (c:a 1493-1541) en översättning till tyska, som trycktes i Ba-

---

1 Det bör påpekas att Crams berättelse trycktes senare samma år som A.F. Åkerberg försökte få sin artikel införd i *Nordisk familjebok*. Finns här en hittills oupptäckt koppling mellan Åkerberg och Cram, eller är det bara ett sammanträffande?

sel år 1541. Ett exemplar eller möjligen flera av denna översättning togs som krigsbyte av svenskarna i Prag 1648. Axel Oxenstierna sägs ha fört ett av dessa till Stockholm och skänkt det till biblioteket i Stockholms slott, där det dock förstördes i branden i slutet av samma århundrade. Axel Oxenstiernas sentide ättling Gabriel Oxenstierna kan ha haft ett annat exemplar av boken i sin ägo, allt enligt uppgifter från Sam J. Lundwall.

Med ett exemplar av *Necronomicon* i Stockholms slott, kan man föreställa sig att boken fick en viss men diskret uppmärksamhet bland Sveriges vetenskapsmän och filosofer; men mycket litet finns dokumenterat. Läser man brev av Olof Rudbeck d.ä. (1630-1701) finner man dock omnämnt att han under en resa till Stockholm den 15/5 år 1681 blev visad till biblioteket av en lärdomsvän som ur en undanskymd hörna drog fram den sällsamma boken, och att de under ett par timmar studerade några åtgångna och maskstungna sidor ur volymen tills de blev avbrutna av vissa oförklarliga ljud bland hyllorna, ljud han inte beskriver närmare. Efter detta tog sig den vördnadsvärde Rudbeck en månads vila ute på landet, där han sägs ha varit mycket okoncentrerad och svår att nå kontakt med under samtal.

Här finns också det vaga ryktet från slutet av 1680-talet, omnämnt i opublicerade memoaranteckningar av professor Andreas Drossander (1648-96), som vid tiden var rektor för Uppsala universitet, om en ung student som tog sig för att skriva av vissa egendomliga tecken som fanns nedklottrade i en, som det påstås, "onämnbar" lunta, och sedan aldrig mer förmåddes att säga ett ord medan dock en tung lukt av tång och havsdjup alltid omgav honom.

Drossander, som var professor i medicin och kemi, gjorde sig sedan känd eller ökänd för att ha återupplivat en fågel (sparv) från de döda under ett experiment 1689, som utfördes i en privat session inför prins Karl, sedermera kung Karl XII, samt drottningarna Ulrika och Hedvig Eleonora. Experimentet involverade en luftpump och vissa "essentiella ävenledes livsstärkande" koncentrat av kemikalier. Den tidigare helt livlösa kroppen uppväcktes till en synbarligen helt sund och frisk fågel, dock kvillrande på ett trolskt sätt i främmande toner, vilka "skar i öron, kött och själ liksom stämmor från Djävulens imitation av en änglakör". Istället för att mötas med beundran och intresse inför den unika demonstrationen väckte Drossander avsky och förvisades från hovkretsar; han dog som en förgrämd och isolerad man ett antal år senare, bara 48 år gammal. "Somliga mente han brukade trolldom och kunde förvända synen", enligt ett förvisso senkommet referat i Götheborgska Magasinet nr 30, 1761.

Händelsen sådan den är beskriven antyder dock att Drossander själv hade kastat mer än ett öga i *Necronomicon* – jämför med de "essentiella" och livsalstrande kemikalier som omnämns i Lovecrafts roman *The Case of Charles Dexter Ward* (skriven 1927). Därmed förstår vi Drossanders intresse för det nämnda ryktet om den olycklige Uppsalastundenten. Sannolikt lockades han av ryktet till att själv leta upp boken för studier i vetenskapens skymningsmarker.

*   *   *

Det är inte känt vilka sakskäl Lundwall har till påståendet att slottsbibliotekets kopia av *Necronomicon* förstördes i branden 1697, och jag lutar åt att det bara är ett rent antagande som Lundwall gör. Förmodligen överfördes kopian till Uppsala universitet, antingen med Drossander som mellanhand eller den vagt omtalade och olycksalige studenten.

Jag grundar detta på detaljer som uppdagats kring Erik Benzelius d.y. (1675-1743), och vilka jag här står i begrepp att redogöra för.[1]

Lärdomsgiganten, filosofen och sedermera ärkebiskopen Erik Benzelius d.y. var bland mycket annat Uppsala universitets bibliotekarie, där han var ansvarig för att ställa i ordning och utöka de tidigare illa skötta samlingarna. Följande detaljer står att läsa i det aldrig publicerade supplementet till den av Johan Hinric Lidéns sammanställda samlingen *Brefwexling imellan ärke-biskop Eric Ben-*

---

1 Framöver kommer vi att finna ytterligare uppgifter om att ett exemplar av *Necronomicon* finns – eller i alla fall har funnits – i bibliotetek vid Uppsala universitet.

zelius then yngre och dess broder, censor librorum Gustaf Benzelstierna (1791); ett supplement som dock finns bevarat som handskrift i just Uppsalas universitetsbibliotek.

I ett brev till brodern Benzelstierna daterat 2 december 1702, samma år Benzelius tillträdde som bibliotekarie, omnämner han sin inledande, närmast arkeologiska utgrävning av den mest spindelvävshöljda vrån av samlingen, på uppmaning av kabbalisten och läraren i hebreiska Johan Kemper (1670-1716), som redan visat intresse för just det hörnet av salen eftersom spindelväven föreföll onaturligt tjock. Samtidigt skall Kemper ha hävdat att han "förnummit somliga eteriska ljud där bortifrån, vilka han ej förmådde beskriva närmare".

Vid avlägsnandet av spindelväven fann Erik Benzelius dess beskaffenhet vara märkvärdig eller direkt bisarr. Dess skimrande, flimrande mönster "liksom frammanade berusande, världsfrämmande toner i betraktarens inre", som han skriver – men utsagan omtalar också att Kemper pekade ut två eller tre spindlar bland de dammiga slöjorna: "Det var icke var drömda toner från skälvande tomrum djupare än våra odödliga själar som vi tyckte oss ha hört – det var dessa märkvärdiga kräk som sjöng tonerna!"

Benzelius skämtade sedan bort hela denna upplevelse som ren inbillning: "En människa i förnuftets gryning vet att det är *inbillningen* som driver sitt gäckande spel med den lättlurade mänskligheten, icke Djävulen och hans anhang av demoner och oknytt!"

Under vävens slöjor fann de en läspulpet som varit helt täckt för ögat. På ömse sidor fanns staplar av konventionell litteratur, men uppslagen på pulpeten låg "till min stora hänförelse en okänd foliant med den store Paracelsus namn angiven som översättare". Över boksidorna låg dessutom ett slags stränginstrument placerat, som Benzelius inte beskriver närmare, förutom att han uttrycker åsikten att den måste ha härstammat från något orientaliskt kungadöme, alternativt var tillverkat efter någon likadeles exotisk förebild, "ty konstruktionen föreföll oss närmast omöjlig ur synpunkt av mekanikens lagar och konventioner".

Kemper och Benzelius undersökte instrumentet och noterade därefter att de uppslagna boksidorna uppvisade rader av noter som, fastän närmast utplånade av smuts och mögel, tycktes vara möjliga att uttyda i alla fall partiellt.

När det strax stod klart att boken var något slags ockultistiskt eller alkemiskt traktat uppfattade Benzelius fyndet som blott intressant kuriosa – fastän ett dittills okänt verk av Paracelsus naturligtvis var högst anmärkningsvärt som sådant. Men magi och övernaturligheter lämnade en modern, upplyst man som Benzelius kallsinnig.[1] Han lät därför Kemper ensam ta hand om folianten för närmare studier, i synnerhet som Kemper hade yttrat några ord om den antydda överensstämmelsen han tyckte sig se mellan noterna och vissa grundläggande idéer inom kabbalismen. Vidare hörde han Kemper mumla fundersamt, medan han drog sig tillbaka till sin kammare med boken tryckt mot bröstet: ”Äro icke också noter en form av skrift och musik en form av tal? I denna värld där ävenledes alla ting vi skådar och förnimmer äro symboler samt representationer för en större verklighet, den vi aldrig kan nå eller förstå?”

Benzelius nämner sedan bara att Johan Kemper de närmaste veckorna var själsligt frånvarande och även till viss del försummade sina uppdrag och skyldigheter vid lärosätet, men att det egentligen inte var något särskilt anmärkningsvärt i den ”koloni av kufar och särlingar” som varje universitet tenderar att vara.

I ett nästkommande brev, från 5 januari 1703, nämner Erik Benzelius en anomalisk händelse dagarna efter nyår. Uppsala universitet skakades av ett jordskalv, inte särskilt starkt men betydligt större än de man vanligtvis upplever i Sverige. Inget allvarligt skedde förutom att ett par rutor gick i kras och att murarna på vissa ställen i byggnaden uppvisade sprickor och bristningar. Det var ändå allvarligt nog för att administrativt noteras och kräva vissa utlägg för reparationer. Men i föreläsningssalarna bland studenterna viskades det om att skadorna speciellt uppkommit i och i anslutning till biblioteket – och att folk strax innan genombävningen hade hört några sällsamma, obeskrivliga toner därifrån.

---

1 Här bör påminnas om att Erik Benzelius d.y. brukar tillskrivas äran av att ha öppnat dörren för upplysningstiden i Sverige.

Erik Benzelius själv visste att den ende som uppehållit sig i biblioteket vid nämnda tidpunkt var Johan Kemper, som tillbringat morgonen med att studera det musikinstrument som hade upptäckts tillsammans med boken, och som Benzelius hade lagt undan mer eller mindre vårdslöst i ett annat hörn av salen. Han hade nämligen funnit Kemper just där efter en genomsyn av universitetets lokaler – den gode läraren i hebreiska var försatt i en stum och förlamad fasa gränsande till katatoni, med instrumentet krossat framför sig på golvet. Han vaknade till när Benzelius tilltalade honom och ruskade hans axlar. "Tvenne toner! Blott tvenne toner!" var den enda förklaring han nervöst angav till situationen, ifall detta skall betraktas som någon förklaring överhuvudtaget.

Eftersom de båda männen var goda vänner kom de överens om att inte nämna förstörandet av det originella och förmodligen värdefulla instrumentet för sina överordnade. Men Benzelius lyckades aldrig förmå Kemper att omtala vad som verkligen hade skett där och då, och han vägrade att koppla det samman med jordskalvet i fråga. Detta inskärpte han till och med tydligt och grundligt med kroppslig bestraffning av de studenter som diskuterat frågan extra hängivet.

Erik Benzelius tycks således ha varit böjd åt något slags känslomässiga överdrifter, hur respekterad han och hans kyliga intellekt än var. Det faktum att han också i likhet med Kemper började visa intresse för kabbala och mystiska läror, är en annan omständighet som idéhistoriska forskare och levnadstecknare inte i någon nämnvärd utsträckning har fördjupat sig i; det passar förmodligen inte in i den bild av upplysningsman, som Benzelius vanligtvis uppmålas som.

Utan att relatera det till de nyss nämnda incidenterna, omnämner Benzelius sedan i kommande brev, att lärosätet under vinterns avslut och vårens gång hemsöktes av besynnerliga mängder ohyra och nätspinnande insekter av en sort som "väckte våra naturalieforskares vetgirighet och konsternation". Också en viss mängd råttor kunde nu höras under golvplankor och i tillstängda utrymmen, fastän de måste varit ovanligt skygga eftersom de aldrig kunde skymtas och än mindre infångas. Allt detta blev till vad vi numera kallar en sanitär olägenhet, och ett utbrott av sjukdom bland studenterna tillskrevs just denna orenhet. Erik Brenzelius liknar den förvisso begränsade farsoten vid skörbjugg – förfall av kroppen och de kroppsliga funktionerna, "tills de drabbade stackars ynglingarna vankade likt vålnader eller lik där de kommo glåmiga och håglösa till föreläsningarna". Uppsala universitet stängdes under några veckor och studenterna skingrades till sina hemtrakter för att undvika vidare påverkan av sjukdomsframkallande luft, eller "miasma" som man då för tiden kallade det, och detta utbrott omnämns sedan inte mer i den tillgängliga litteraturen.

Den i vår historieskrivning återkommande uppgiften om att biblioteket vid Uppsala universitet har haft ett exemplar av *Necronomicon*, är oundvikligen mycket intressant. Jag har upprepade gånger försökt nå kontakt med universitetsbiblioteket för att fråga om boken ännu finns att få tag på, dock utan att någon gång få svar. Vid ett besök kunde jag inte heller finna den i deras kataloger, men det kan förvisso ha berott på att jag blev avbruten av bibliotekarier som av svårförståelig anledning inte önskade min närvaro bland samlingarna, och således visade mig på dörren.

*   *   *

Fastän det är omöjligt att finna något klart samband mellan omständigheterna, är det ändå intressant att häxförföljelserna i detta land fick en ny kulmen strax efter att *Necronomicon* fördes till Sverige, det vill säga under 1660-talet. Det förefaller sannolikt att riksrådet Lorentz Creutz d.ä. (1615-76), som i sammanhanget presiderade trolldomskommissionen, hade djupa kunskaper om *Necronomicon*. Belagt är att han under sommaren år 1663 företog upprepade besök i Stockholms slotts bibliotek och där studerade vissa gamla folianter, företrädesvis i magi och alkemi – därom vittnar ett av hans bevarade brev från samma sommar. Dock är han märkligt förtegen om en lunta som han kort och gott benämner med ett "N", och berättar endast att han sedan den blivit läst gick hem i natten med en känsla av sådan fasa att han "aldrig funnit dess like hitom Gud", och i sängen vred sig i kallsvett ända till morgonen då han inte ens kunde skåda soluppgången med lättnad. Riks-

22

rådet Creutz blev aldrig sig själv efter detta; det omtalas att han blev skygg och märkligt kylig mot sin omgivning, och att ett drag av misstänksamhet i kombination med iskall grymhet skymtade i hans karaktär. Vid Mora kyrka den 24 augusti 1669 skulle han avrätta 15 människor genom halshuggning, anklagade för häxeri.

En märklig historia om en häxbränning i Stockholm skall här återges. Den nedtecknades i form av dagboksblad[1] av en obemärkt borgare vid namn Johannes Brandt år 1667. Den anklagade kvinnan i fråga är okänd och hennes namn står inte att finna i dokumenten. Medan bödeln höjde sin bila till halshuggning, utropade kvinnan ett fåtal ord som endast ofullständigt finns nedskrivna. Det var dock något i stil med *"ngha Yogge-Sothothe ogtrod"*. Hugget föll och huvudet skiljdes från kroppen. "En sällsam stiltje lägrade sig nu över staden och himlen tycktes höja sig som i en enorm och ljudlös pelarsal." – Detta är en beskrivning jag hämtat från Johannes Brandts anteckningar. De samlade skarorna hade god utsikt över Stockholms ström, som nu skall ha lagt sig blank utan den minsta vågtopp. När kroppen sakta började förtäras av lågorna i den tystnad som med omvärlden sänkt sig över människorna, inträffade dock en händelse som av sentida historiker har tolkats som ett utslag av hysterisk masspsykos alternativt som en reaktion av mjöldrygeförgiftning. Vår borgare Brandt berättar att ur den stillastående strömmen, i den fullkomliga tystnad som varade över landskapet, höjde sig ett –

> ... hiskeligt Vidunder [...] vilket på fötter som icke borde vara fötter drog sig upp på höjden och föste undan folk med en hand av monstruöst utseende, ehuru intet ord i vårt fosterländska språk förefinns som dess slippriga be-

---

1 Dagboken var enkelt tillgänglig för allmänheten i Kungliga Bibliotekets handskriftsavdelning fram till hösten 2006, då första upplagan av *Necronomicon i Sverige* hade publicerats och uppmärksammats, varefter alla referensuppgifter helt märkligt försvann ur katalogerna. Möjligen finns själva dagboken fortfarande kvar i samlingarna, men vid förfrågan har den uppgivits vara försvunnen alternativt aldrig ha existerat.

skaffenhet kan benämna, och omkring sig slängde blick-
ar vilka förintade själar, innan Vidundret från bålet upp-
tog stoftet, därefter med onaturligt lugn sjönk tillbaka i
vattnet. Och ej en krusning antydde längre att något där
hade varit.

Kvar runt bålet fanns människor som dött vid åsynen, andra som
endast kunde tjuta vansinnigt upp mot skyn tillsammans med hun-
darna, och vissa som med hysterisk iver förnekade att de alls hade
sett något. Vår gode borgare Brandt lär senare ha tagit livet av sig.

*   *   *

Av speciellt intresse i sammanhanget är den svenska översättning-
en av *Necronomicon*, tryckt i Finland år 1723 med okänd utgivare
och översättare. Uppgifter gör gällande att den översattes från det
exemplar som fanns i Stockholms slotts ägo, som alltså förmodas
vara samma exemplar som sedan återfanns i Uppsala universitets-
bibliotek. Ett exemplar av denna översättning ägdes ursprungligen
av komministern i Roslagsbro församling Ulrik Philipson Lund-
wall, som tillsammans med den okände äldre brodern Johan döm-
des till 20 års fängelse för ett brott som sägs ha varit ohyggligt men
obeskrivligt. Denna bok har sedan vandrat i släkten Lundwall till
den dag som idag är, då den välkände redaktören, författaren och
litteraturkännaren Sam Jerrie Lundwall (född 1941) har den i sin
ägo. Han har också offentliggjort delar ur släktklenoden i samling-
en *Necronomicon – de döda namnens bok* (1995) och den utöka-
de upplagan *Stora Necronomicon – de döda namnens bok* (1998).
Redaktör Lundwall fick i sin barndom se en skymt av denna illa
angångna bok i familjens bibliotek, lyckades plocka ned den från
sin hylla och stakade sig med barnslig nyfikenhet igenom några
sidor. Allt sedan dess har han haft ett besynnerligt och djupgående
intresse för bisarra och onaturliga böcker, speciellt i de genrer som
benämns science fiction och fantasy. Föga långsökt är han också
djupt intresserad av H.P. Lovecraft, vilken han översatte och intro-
ducerade i Sverige. Sitt eget exemplar av *Necronomicon* beskriver
han följande:

24

Denna svenska utgåva är en liten tunn volym i format 93 x 148 mm inbunden i brunt band av egendomligt lent skinn utan ryggtext. Inlagan omfattar 92 sidor i vacker fraktur med titelsidan i svart och rött. Stora delar av texten är oläslig till följd av mörkbruna fläckar och klösmärken, samt diverse vattenskador. De avslutande kapitlen saknas. Boken låg i drygt hundra år på ett lider i Röksta, Roslagen, innan Johan Philipson Lundwalls sentide släkting stataren Hjalmar Wilhelm Lundwall hittade den.

Jag har träffat redaktör Lundwall ett antal gånger och säkert skulle han också räknas till min bekantskapskrets, om hans aversion för offentligheten inte hade hindrat en sådan relation. Han har ändå givit mig ett sällsynt tillfälle att kasta en närmare blick på volymen, när jag en gång hösten 1998 besökte honom i hemmet.[1] Om denna kan jag säga att sidorna tycks ha dragit till sig maskar och mal i sällsamt hög grad; i övrigt motsvarar mina intryck av boken väl redaktör Lundwalls egen beskrivning. Av någon anledning jag inte riktigt förstår, lät han mig bara se en hastig glimt av boken innan han passade in den i bokhyllan igen.

Resten av kvällen fördrev vi i hans vardagsrum, där han föreföll en smula diströ och hela tiden tycktes lyssna efter något ohörbart från taket eller vinden. Ett par gånger gick han också upp på övervåningen för att kontrollera takfönstret.

Från diverse håll berättas att redaktör Lundwall håller hemliga ritualer om kvällarna i sitt arbetsrum och att någon där har skym-

---

1 Till författarens förundran har Lundwall förnekat detta och följande uppgifter i ett brev daterat 16 november 2002, efter publiceringen av den förra versionen av denna uppsats: "... även om jag häpnade över påståendet att du besökt mig i mitt hem, då alla vet att jag inte tar emot några besök." Författaren kan dock bara tala utifrån egen erfarenhet. – Lundwall har även av oklar anledning förbjudit utgivaren av denna bok att reproducera omslaget på den svenska *Necronomicon*-översättningen. Den avscannade bilden på sid. 10 faller dock under återgivningsrätten och kan inte förhindras med några juridiska medel av Lundwall.

tat halvt utsuddade tecken på golvet, detta arbetsrum som han annars håller samvetsgrant slutet och privat. Man skall även ha känt lukten av något som kunde vara rökelse men upplevdes som vederstyggligt. Allt detta får dock antas vara absurt skvaller och inte grundat i faktum.

I en mailkonversation under november 2002 lät redaktör Lundwall meddela mig att han skrivit en dokumentärroman om sina släktingars öden med *Necronomicon*. Denna vägrar han dock låta andra läsa, fastän han planerar en postum publicering genom sin dotter Karin Beatrice Kristina Lundwall. "Men intill dess ligger den kvar här i kassaskåpet", skriver han i sitt mail.

* * *

Jag nämnde tidigare att den svenska utgåvan av *Necronomicon* saknar en stor del av vederbörlig publiceringsdata. Jag finner det dock troligt att översättaren var en greve vid namn Magnus de la Gardie, som levde mellan åren 1667 och 1728. Här skall genast påpekas att denne herre inte bör förväxlas med den avlägsne och mer namnkunnige släktingen Magnus *Gabriel* de la Gardie.

Enligt samtida dokument var greve Magnus en grym herreman som gärna bestraffade sina undersåtar med tortyr och prygel. Hans herresäte står fortfarande att finna i Västergötland, där han också ligger begravd. Det var antydningar om denne märklige man och hans påstådda kunnighet i trolldom som fick en engelsk författare och lärare vid Etons universitet att fördjupa sig i forskning om hans livsöde, under en cykelsemester i Sverige som han företog sig en sommar på 1890-talet. Författaren jag omtalar är ingen mindre än Montague Rhodes James (1862-1936), känd genom ett otal berättelser med makabert innehåll.

Det verk som blev frukten av hans efterforskningar, är en liten novell med titeln "Count Magnus" (1904). Den intresserade finner berättelsen tillgänglig på svenska i ett smärre antal översättningar. Mycket i denna novell är givetvis litterära utstofferingar, men så gott jag kan bedöma är de historiska uppgifterna av korrekt natur. Greve Magnus de la Gardie företog år 1718 en hemlighetsfull resa utomlands som kort och gott benämns "Den svarta pilgrimsfärden". Under sin vistelse vid ruinerna efter staden Korazin och senare i Damaskus mottog han kunskaper i diverse mörka områden av människans lärdomsvärld. Dessutom skall han, som det står i James novell, ha "fört med sig något eller någon hem".

Detta hemlighetsfulla föremåls natur – som tycks ha varit levande snarare än dött – lär vi inte få veta. Det påstods (om än i folklig mun) att föremålet ifråga begravdes i samma kista som greve Magnus kropp efter hans frånfälle. Kistbärarna skall ha funnit sin börda ovanligt tung, och vissa sade sig också höra något som rörde sig i den.

Här kan nu nämnas att det dock finns en målning i greve Magnus mausoleum som avbildar en sällsam gestalt i närheten av en flyende man. Gestalten är påfallande småvuxen, insvept i en klädnad som släpar i marken och har huvudet gömt i en kåpa. Den enda oklädda del som är synlig av kroppen, ger inte intryck av att vara en hand eller arm – mr James jämför den istället med en djävulsrockas tentakel. Denna sträcks ut efter den flyende mannen. Någon närmare förklaring till denna målning står inte att finna.

Sedan greve Magnus återkom från sin "svarta pilgrimsfärd", stängde han in sig i sin kammare under flera månader och hördes där tala förstulet med någon som ingen sett komma in i huset, medan en penna krafsade ljudligt över pergament. De gånger någon tjänare fick syn på honom under dessa dagar, beskrev de hans ögon som brinnande av en onaturlig inspiration. Resultatet av dessa månaders isolering har aldrig blivit känt, men greve Magnus skall sedan ha förvarat en lunta i största hemlighet och låst in den i en liten kammare där han aldrig gav någon tillträde ens för att städa eller damma. Därifrån hördes stundom ett slags släpande över golvplankorna.

Mot slutet av sitt liv berättar släktingar att han kontaktade olika tryckare i Sverige för att få en bok producerad i en även för dåtiden ovanligt liten upplaga, men att ingen ville åta sig uppdraget ens mot stora summor pengar. Greve Magnus vände sig istället utomlands. Vilken framgång som vederfors honom där, vet vi inte; men det är intressant att notera att det är nu vi finner den svenska över-

Emanuel Swedenborg.

sättningen av *Necronomicon* tryckt i Finland – och är mina slutsatser riktiga, har vi dess verklige upphovsman i greve Magnus de la Gardie.

*   *   *

Efter greve Magnus död dröjer det fram till 1730-talet innan vi finner ytterligare upplysningar om *Necronomicon*, men denna gång i samband med Emanuel Swedenborg (1688-1772), på äldre dagar

världsvitt berömd för att ha skapat sin egen originella version av
kristendom, Swedenborgianismen – men vid denna tid var han en
hårt arbetande och extremt rationalistisk vetenskapsman i upplys-
ningstidens anda. Han försökte i själva verket skapa en egen kos-
mologi som förklarade allt ifrån universums uppkomst ur ett virv-
lande kaos av partiklar, till livets innersta väsen och mekanismer.

Som ung student i Uppsala levde Emanuel Swedenborg i Erik
Benzelius d.y. hem åren 1703-09, eftersom Benzelius var gift med
Anna Swedenborg, Emanuels syster. Märk väl att detta skedde just
i anslutning till de tidigare behandlade händelserna involverande
Benzelius och fyndet i universitetsbibioteket. Det har dessutom
tagits för givet att Emanuel Swedenborg hade Johan Kemper som
lärare i hebreiska vid Uppsala universitet; det fanns nämligen inga
andra lärare i ämnet att välja på vid denna tid. Kopplingen mel-
lan *Necronomicon* och Swedenborgs intellektuella utveckling blir
osökt.

I sin stora biografi över Swedenborg från 1915 beskriver Martin
Lamm honom som en blyg och stammande ung herre som aldrig
höll föredrag eller tal inför samlingar av folk, men som icke för-
ty var starkt äregirig. Av denna anledning ansträngde han sig till
det yttersta för att under flera decennier utarbeta och samla sina
slutsatser i ett mastodontverk om tre bastanta volymer, skrivna på
latin och tryckta i London 1734 under samlingstiteln *Opera phi-
losophica et mineralia*, där i synnerhet första volymen *Principia re-
rum naturalium* och dess supplement *Prodromus philosophia ratio-
cinantis de infinito* intresserar oss här.

Lamms skildring låter oss förstå att den gigantiska arbetsbör-
dan ledde till att Swedenborg överarbetade sig och därmed bröt
samman psykiskt, för att resten av sitt liv leva i ett tillstånd som vi
idag förmodligen skulle diagnosticera som schizofreni. Det var i
detta senare skede som Swedenborg plötsligt övergav sina naturve-
tenskapliga efterforskningar. Efter en längre period i psykologisk
kris – då han upplevde stark ångest samt hallucinationer och vilda
drömmar, vilka han tolkade som gudomliga och demoniska bud-
skap – hängav han sig åt mer eller mindre naiva bibeltolkningar
för den fromma tankefridens skull. Således omfamnades han slut-

ligen av sin tro eller övertro på en allsmäktig och oändligt god gud som vakar över den stackars sköra mänskligheten, och att han som Guds budbärare och uttolkare inte längre behövde frukta de onda och demoniska krafter som ständigt pockade på hans uppmärksamhet.

Lamms skildring strider inte mot verkligheten, men här finns betydligt fler nyanser och detaljer än han låter oss ana. Swedenborg måste ha hört något omnämnande av fyndet som Benzelius och Kemper hade gjort i universitetsbiblioteket, ty i ett kortare brev till brodern 3 juli 1704 omnämner Benzelius sorglustigt sin svågers enträgna förfrågningar om att få kasta ett öga på den olycksaliga boken i fråga. Swedenborg var ännu bara en yngling på 16 år, men redan nu djupt vetgirig och filosofiskt orienterad mot rationalismens och upplysningstidens idéer.

Som det nu gick, fick han senare under sommaren sin efterlängtade möjlighet att bekanta sig med boken, vilken Benzelius drog fram ur det mörkaste och dammigaste hörnet bland hyllorna – ynglingen beskriver det själv i sin dagbok som idag finns arkiverad hos The Swedenborg Society i London.

Han läste utvalda delar av folianten och nämner att han kände en intellektuell olust inför dess mer ockultistiska implikationer, partier som han dessutom – något överdrivet, tycks det – undvek genom att fästa sidorna mot varandra så att inget av uppslagen av misstag skulle hamna under hans öga. Dock medger han att andra partier i boken inspirerade honom djupt rent filosofiskt:

> Jag vet icke om det var den bävan jag kände inför vissa texter och illustrationer i Boken, eller min hänförelse över dessa helt nya och exotiska tankar angående Materiens och Världsalltets konstruktioner, som fingo min kropp att skälva liksom i midvinternattens kyla, ehuru timmen slog full dag med sommarens heta sol skinande från en glasklar himmel genom det fönster varvid jag läste. Jag prefererar det senare; och avskakande mig allt obehag kommer jag i dagarna att diskutera ifrågavarande Idéer och Hugskott med Mästare Polhem väl tillfälle gives.

En iögonfallande märklighet med Swedenborgs kosmologi, och som ofta påpekats bland forskare, är att den förefaller så distinkt *modern* i sina idéer och beskrivningar av ett evigt sjudande och bubblande kosmos, där främmande universum – alla befolkade av levande varelser – ständigt alstras, utvecklas och går under i en oändlig cykel av liv och död; vårt eget universum är blott en obetydlig bubbla i denna kalejdoskopiska vision av multiversum. I de endimensionella punkter som i Swedenborgs kosmologi utgör all materias grundläggande beståndsdelar och som existerar blott genom att äga rörelse, igenkänner vi dessutom de punktformade elementarpartiklar som är grunden för modern atom- och partikelfysik.

Nota bene att Swedenborg publicerade sina teorier på 1730-talet, 180 år innan den moderna partikelfysiken såg dagens ljus, samt 250 år innan Andrei Linde (född 1948) lanserade sin teori om inflation och multiversum, som idag röner stort intresse bland kosmologer.

Dock, att Swedenborgs kosmologi känns distinkt modern måste trots allt modifieras i vissa avseenden. Han accepterade inte Newtons rörelselagar utan hävdade i likhet med medeltidens skolastiker att allt har en naturlig tendens att röra sig i en *cirkel* och inte – som Newton redan hade förklarat 1687 – i en rak linje. Partiklar i cirkelrörelse som kolliderar med varandra skapar spiraler och virvlar, varför vi i Swedenborgs kosmos finner de minsta partiklarna upp till kosmiska stoftmoln och stjärnhopar – det vi numera kallar nebulosor och galaxer – stadda i ständigt roterande virvlar. Solen och dess planeter har uppkommit ur ett av dessa virvlande stoftmoln, och Swedenborgs naturliga rörelse i cirkel förklarar enligt honom också planeternas lopp runt Solen. Låt det vara sagt att Swedenborg aldrig nämner Newton med ett ord och var ointresserad av dennes gravitationsteori, trots att den redan i hans barndom hade blivit högsta mode inom naturvetenskaperna.

Skall denna fixering vid sällsamma spiralmönster och kosmiska virvlar samt cirkelrörelser tolkas freudianskt? Allt detta kan i själva verket betraktas som djuppsykologiska symboler för *vertigo* – en svindlande känsla inför tillvarons bråddjup. Det måste inte nöd-

vändigtvis handla om fysiskt existerande stup, utan kan också vara
(aningar om) avgrundsaktiga insikter, vilka den utsatta personen
kanske inte ens önskar eller *vågar* föra upp till medvetandets yta.
Det är mycket möjligt att Swedenborg i sina kalkyler och modeller
egentligen sysslade med förkänningarna av sitt eget psykologiska
sammanbrott.

Men inte nog med detta: Den moderna läsaren kan själv känna en
aning av samma vertiguösa yrsel som Swedenborg själv, när vi inser
att han redan i början av 1700-talet talade om parallella universum
med andra naturlagar, som vi människovarelser inte förmår att
uppfatta eller föreställa oss. Swedenborg gör några tappra försök
att beskriva dessa världar, som dock stannar vid antydningar:

> Den pompöse Arkimedes, som talade om att kunna rub-
> ba världen med tillhjälp av de mekaniska principer han
> förstod, skulle måhända sänka sin röst en smula, ifall han
> blev omplacerad till ett annat världssystem och där upp-
> täckte att hela hans begåvning och uppfinningsrikedom
> gick om intet, då han kom att stå handfallen inför till-
> lämpningen av den mest vardagliga mekanik. Ty om han
> där önskade utföra något experiment, måste han först lära
> sig den främmande mekanikens allra första och mest rudi-
> mentära principer, vilka blott voro möjliga att härleda ur
> fenomenen i denna värld allena. [...] Ty där kan icke exis-
> tera några fenomen absolut liknande våra; vid jämförelse
> skulle de tvivelsutan framstå som monstruösa.

Swedenborgs kosmos är nebulöst och jäsande av död och pånytt-
födelse, fyllt av vidunderligt liv vid snart sagt alla stjärnor och i alla
främmande universum. Och då Swedenborg följde sitt djupsinne
i spiraler och virvlar ned i mörkret och skuggorna och Alltets ur-
sprungskälla, förnam han antagligen de vaga tonerna av tjusan-
de flöjtmusik – säkerligen spelande samma noter som hade väckt
Johan Kempers nyfikenhet i *Necronomicon*, och vilka också tycks
ha sjungits av Drossanders återuppväckta sparvfågel – flöjtmusik
lockande honom längre ner och allt djupare mot den ansiktslö-

se Nyarlathotep, som vrålar blint i avgrunden ackompanjerad av
flöjtspelare med formlösa kroppar och intiga själar.

Och kvar fanns bara vansinnet.

*　*　*

Nästa tilldragelse skedde 1762, denna gång i form av originalet
som författades av den galne araben Abdul Alhazred. Det är natur-
forskaren Peter Forsskål (1732-63) som i ett brev till ingen min-
dre än Carl von Linné bekänner sitt samröre med det sällsamma
manuskriptet. Brevet är daterat den 25 augusti, då han befann sig
under Arabiens skälvande sol. Forsskål var en ansedd och framstå-
ende vetenskapsman som reste till Egypten och Arabien för Linnés
räkning att samla växter och djur; han avled också utomlands en-
dast 31 år gammal.

Den unge mannen fick i en kaotisk torghandel syn på en lunta som
tycktes vara uråldrig; dess titel var *Al Azif* – vilket vi vet är ursprungs
namnet på *Necronomicon*. Han lyckades med åtskilligt prut och två
sålda kameler skaffa boken i sin ägo. I sitt tält under den dallrande
solen som kunde ha smält järn, började han studera handskriften.
Det första som hände, var att ur de maskstungna sidorna föll en fet
mask som Forsskål lyckades fånga upp. Han nämner i sitt brev att
han genast tog fram sitt skarpa förstoringsglas eftersom "specien
föreföll mig sällsam". Under glaset visade sig masken vara en –

> ... vedervärdig syn. Jag tog nu detta märkvärdiga Djur i
> min hand och kastade det långt ut i sanden när jag kom-
> mit utanför tältet; ett beteende som Du, käre läromästare,
> må förebrå mig för. Dock säger jag Dig endast detta, att
> Varelsen var mig ett vämjeligt ting och ett Väsen som jag
> icke kunde placera i Ditt gudomliga natursystem, som
> annars visat sin fulla överlägsenhet.

Han nämner sedan att han bläddrade igenom och läste vissa de-
lar ur boken när kvällen kom, även om han är märkligt förtegen
om ytterligare detaljer, och fortsätter med uppgiften att han under
några dagar därefter låg insjuknad i en elakartad feber – dock ej

hysterisk, betonar han utan uppenbar anledning – där han även yrade en del och hade hemska hallucinationer. I sitt brev till Linné berättar han att han antagligen inte hämtat sig riktigt än, eftersom han – och detta är skrivet med viss ironi och många skämtsamma formuleringar – fortfarande bär en känsla inom sig av *annalkande kaos*. Därefter ger han dunkla anspelningar på något som går under namnet Nyarlathotep. Det mest påfallande inslaget i det han omnämner i dessa antydande ordalag, är kanske det intryck han får av sanden omkring sig, detta oformliga och i ständig rörelse stadda stoft. Han beskriver sanden och sandkornen som "oändliga" och vill på ett mycket egendomligt sätt förläna detta torra hav under solen vissa främmande *egenskaper* och *manifestationer* – han tycker sig ständigt se förnuftsvidriga gestalter i dynernas former. Kanske lät han sig påverkas av de våldsamma sandstormarna som drog över öknen vid just detta tillfälle; och vi vet inte vad som kan forma sig i en feberhet hjärna. I en mening som är överstruken i brevet men ändå kan läsas med viss svårighet, beklagar han att han läst vissa rader ur *Al Azif* högt.

Peter Forsskål dog påföljande år under delvis ouppklarade omständigheter; hans ägodelar fördes åter till Sverige. Därmed finns det skäl för antagandet att det i vårt land finns – eller åtminstone har funnits – ett originalexemplar av *Necronomicon*; vi vet dock ännu inte var.

* * *

Under åren i början av 1800-talet står nästa uppgifter om *Necronomicon* att finna. En medicine studerande vid Uppsala universitet sägs år 1802 ha fått tillfälle att i universitetsbiblioteket studera *Necronomicon*.

Den bok vår protagonist för tillfället – en fattig student vid namn August Planke – bläddrade i, var *Necronomicon* i svensk översättning och handskrift, inbunden i ett material som den medicine studerande efter en smärre undersökning fann vara människohud och senor. Han drog också slutsatsen att skriften och teckningarna var i galla och blod.

Det faktum att boken var en handskrift, kan tyda på att det

handlar om greve Magnus de la Gardies originalmanuskript. Detta är anmärkningsvärt med tanke på mina tidigare uppgifter om att universitetsbibliotekets exemplar var Paracelsus översättning till tyska. Men det är förstås möjligt att biblioteket har haft flera exemplar av boken; det vore till och med naturligt ifall en eller annan okänd forskare hade införskaffa dem för jämförande textanalys.

August Planke fann det svårt att förstå handskriften men lade vissa fraser på minnen och kopierade även ett antal symboler och tecken som han fann infogade i texten. I sin studerkammare tog han tid på sig att granska dessa skisser noggrannare och även jämföra dem med illustrationer i somliga böcker om österländsk mystik som han skaffat till sin bokhylla. Vad August Planke fick ut av denna forskning förtäljer inte historien, men året därpå finner vi att han avbryter sina studier – uppenbarligen efter vissa gräl om den animaliska organismens kemi med en läromästare – och drog sig tillbaka till en kammare i sin faders gård i Skokloster utanför Uppsala. Här skall han ha isolerat sig till och med från sin egen familj, och i denna enslighet ha utfört experiment av onämnbar natur. Vämjeliga lukter påstås ha legat i luften långt ut på ängarna i närheten, där det väckte skvaller hos lantbefolkningen. Det är nu företrädesvis från dessa lantliga källor vi finner ytterligare upplysningar i fallet, om än i skvallrets och vandringssägnernas tvivelaktiga form. Dessa historier finns nedskrivna i kyrkoherde Axel Kramgos dagbok och anteckningar, en man som uppenbarligen intresserade sig djupt för sin församlings väl och ve.

Från August Plankes kammare hördes understundom en mässande röst som ibland besvarades av en annan, mer avlägsen och till sin natur svårbeskrivlig röst; ”Som en gast talar med slapp tunga”, vad som nu kan menas med det. Från ett kärr i närheten skall unge herr Planke ha dragit upp ett väsen som grymtade likt en fet gris och efterlämnade onaturliga spår på åkrarna, som Axel Kramgo inte finner ord att beskriva, men försöker att avteckna. Denna skiss ger på mig intryck av att föreställa spår efter något blötdjurs tentakler. Väsendet i fråga fick sedan kräla omkring i skogarna, även om ingen någonsin såg en skymt av det. Dock skall det ha avslöjat sig närvaro genom en påträngande lukt av ”rått kött”.

Herr Plankes liv blev kort; han hittades en morgon på en äng på ett sätt som fick bönderna att korsa sig över hans kvarlevor; och enligt kyrkoherde Kramgos anteckningar var det överhuvudtaget svårt att samla ihop det som fanns kvar och vara säkra på att allt lades i kistan. August Plankes fader flyttade snart från sitt hus som strax därefter brann ner till grunden. Det sägs att fadern själv satte det i brand, och att han sedan aldrig mer talade ett ord om sin bortgångne son.

* * *

Låt er inte förvånas, när det nu är dags att behandla August Strindberg (1849-1912) i sammanhanget. Håll i minnet att det var en man som periodvis intresserade sig djupt för ockulta och alkemistiska läror. Vi har tyvärr bara fragmentariska kunkaper om hans "översinnliga utflykter", vilket sålunda också gäller de fakta som här skall återges. Men den historia som antyds i bakgrunden är fascinerande nog.

Kanske har händelserna sin upprinnelse år 1876, då Strindberg ännu var amanuens vid Kungliga Biblioteket och en dag ur hyllorna letade fram diverse ockult litteratur, som han sedan läste de följande kvällarna vid lampans sken.[1] Detta är första gången hans obskyra intresse omnämns i källmaterialet, och hans intresse tycks också ha blivit grundlagt vid samma tillfälle.

Det vore uppseendeväckande om han bland dessa böcker fann ett exemplar av *Necronomicon*, och så var det inte heller; men hans nyväckta intresse ledde honom mot ett sådant oväntat fynd. Strindberg var en ivrig besökare i Stockholms antikvariat, där han närmast företog arkeologiska exkursioner. Med ledning av en handfull brev och anteckningar som han författade under vintern år 1878, kan vi säkerställa att Strindberg på ett antikvariat, som uppenbarligen låg vid Järntorget i Gamla Stan, runt 21 november fann en lunta som han benämner med orden "den gamle arabens bok". Han köpte den och gömde den i sin våning. Av det följande

---

1 Se standardverket av Gunnar Brandell: *Strindbergs infernokris*, doktorsavhandling 1950.

får vi ytterligare skäl till antagandet att boken måste ha varit *Necronomicon*.

Enligt Strindbergs fru Sigrid (Siri) von Essens dagbok sysselsatte sig den store författaren under början av 1880-talet med att skriva en uppsats eller avhandling om "den gamle arabens bok", ett arbete som tydligen tog sin början den 3/9 1881 – resultatet har dock aldrig publicerats. Han tycks ha blivit lättad när detta arbete nådde slutet, och skriver i ett brev till Ola Hansson att han nu med sinnena i behåll kan studera "den gamle arabens bok" i sin egen och lite mer lättsmälta bearbetning. Den 16/2 1892 tog han "den gamle arabens bok" och brände upp den i sin spis.

Det var i detta skede av livet som Strindberg började stå under en demonologisk tro på att världen behärskades av onda och mot människan illvilliga makter, en tro som speciellt hemsökte honom under hans depressionsperioder.[1] Detta överensstämmer väl med den uppfattning om människans lott i universum som H.P. Lovecraft ger uttryck för i sina noveller och romaner.

Vi kommer nu till den välbekanta perioden som brukar benämnas "infernokrisen", som varade mellan åren 1894 och 1896, då Strindberg mestadels befann sig utomlands. Det har många gånger påpekats, bland annat av Brandell, hur influerad denna kris var av författarens myckna läsande i ockulta böcker. Strindberg författade även många pamfletter och essäer i ämnet. Från 1895 och framåt vände han sig till ockultisterna i Paris för att uttrycka sina tankar.

Vad var det då som utmärkte infernoperioden? Utifrån Strindbergs anteckningar publicerade i boken *Inferno* (1897) är det bekant att författaren befarade att andra ockult initierade människor ville förgöra honom, bland annat för att han skulle ha tagit del av kunskaper som inte varit ämnade för honom eller någon annan människa. Kriserna under perioden präglades av uppfattningen att vara förföljd. I juli 1894 blandade han i sitt lilla laboratorium till en lösning av cyankalium som han skulle dricka när tillfället kom.

---

1 Se gärna Torsten Stubbendorff: *Strindbergs översinnliga föreställningsvärld som kontextuellt problem i Ockulta dagboken* (1943), ett tyvärr mindre känt verk men förmodligen det främsta i ämnet.

Under Strindbergs vistelse i Frankrike utspann sig i Paris ett
"ockult krig" mellan magikunniga personer, bland dem författar-
kollegan Joris-Karl Huysmans (1848-1907). Strindberg deltog i
upprepade riter med ockultisterna i huvudstaden och blev sålunda
inblandad i händelserna. Efteråt ångrade han sina uttalanden om
"den gamle arabens bok" i sällskapen, och skriver i ett brev (Ber-
ger 7 oktober 1895): "Själarna voro sålunda för små för att rymma
kunskapen om den sovande Cthulhu!" Detta är uppenbarligen an-
ledningen till att ockultisterna vände sig emot honom.

Strindberg nämner upprepade gånger farliga "krafter" som drab-
bar honom, enligt hans egen förmodan fiender som nyttjade magi.
Självmordstankar fanns alltid hos författaren när han fann "kraf-
terna" för starka och skrämmande, och vid slutet av varje kris flyd-
de han till en ny stad eller land för att undkomma skräcken som
jagade honom.

Under denna period funderade han också mycket över livets
gåta. Strax innan han hamnade i delo med ockultisterna i Paris
försökte han i sitt laboratorium skapa liv genom en sorts ural-
stringsprocess, där han först utvann syror och kristaller ur djurben;
Strindberg benämner det också "essentiella salter" med samma ord
som Lovecraft nyttjar i beskrivningen av vissa tvivelaktiga experi-
ment i romanen *The Case of Charles Dexter Ward*. Efter ett mys-
tiskt experiment på en kyrkogård i Paris år 1895, där han hällde
en okänd syra på mullen för att studera dess verkningar, skrev han
följande i uppsatsen *Stenarnes suckan* (1896): "Att jäsa är tämligen
analogt med att ruttna, det är att upplösas, men ur förruttnelsen
kommer liv, varför skillnaden mellan liv och död icke synes vara så
stor."

Efter experimentet påkyrkogården såg han vid ett par tillfällen
märkligt stapplande gestalter som tycktes följa efter honom i för-
slummade delar av staden, och i ett brev till Littmansson annan-
dag jul 1895 skrev han: "– det var en djävul här och ville mörda
mig – så att källarmästaren och jag fingo ligga dikt an på rigeln för
att hindra honom från att komma in."

Infernokrisen klingade av under 1896, och vi finner Strindberg
sedan vara en mer harmonisk människa. Mot slutet av sitt liv an-

slöt han sig likt Swedenborg och Huysmans till en from religiositet.

* * *

August Strindbergs roll i denna översikt är ännu inte helt avklarad.

Den 24 februari 1896 bodde Strindberg på Hotel Orfila, ett litet och ruffigt hotell på en bakgata i Paris. I ockulta kretsar är det välkänt att den ökände magikern Aleister Crowley (1875-1947) besökte honom där, och att de diskuterade de ämnen som just då låg Strindberg så nära hjärtat. Man kan lätt anta att Crowley såg sig närmast som en lärjunge till den store författaren eftersom han ännu var ganska oförfaren i ockultism. Strindberg tog säkert fram sitt manuskript baserat på "den gamle arabens bok" och läste delar ur det.

Detta är förmodligen förklaringen till de likheter som vissa sakkunniga har funnit mellan Lovecrafts gudomligheter och Crowleys egen pantheon. Den brittiske ockultisten Kenneth Grant hade helt enkelt fel när han i boken *The Magical Revival* (1972) antog att Crowley och Lovecraft hade varit undermedvetet påverkade av samma ockulta krafter när de skisserade upp sina respektive pantheon. Både Lovecraft och Crowley var direkt och indirekt inspirerade av samma källa, den i verkligheten existerande boken *Necronomicon*.

* * *

Vi får nu anledning att återvända till Hallandsåsen och den där befintliga Döda Dalen. Att den är belägen där kan vi vara säkra på, fastän vi ännu inte vet exakt var den är situerad. Ralph Adams Crams skildring ger dock vid handen att den ligger någonstans på Hallandsåsen mellan Ängelholm och Vallberga, det vill säga i samma geografiska område där numera den problematiska Hallandsåstunneln har blivit borrad igenom. Dess planering startades redan på 70-talet men arbetet påbörjades inte förrän 1992, och efter många kontroverser och skandaler avslutades och invigdes tunneln först långt senare, år 2015.

Låt oss sammanfatta väsentliga fakta – i alla fall såsom de har blivit presenterade för allmänheten av politiker, företag och media:

För att underlätta tågtrafiken i södra delen av Sverige insågs ti-

39

digt behovet av en tunnel genom Hallandsåsen, och Statens Järnvägar presenterade projektet 1975 för att initiera beslutsprocessen. Politiker lade av oklara skäl projektet i långbänk, men efter påtryckningar och lobbyverksamhet beslutade Riksdagen 1991 att bygget skulle bli av och gav de nödvändiga skattemedlen. Det bör påpekas att detta var i början av den ökända 90-talskrisen, då arbetslösheten plötsligt sköt upp i skyhöga 11 procent från att tidigare bara ha legat på enstaka procent, riksdagen befann sig i upplösningstillstånd efter ett regeringsbyte just 1991, då också populistpartiet Ny Demokrati invaldes och förvandlade Sveriges Riksdag till något som närmast liknade en skenande cirkus. Det är ett klassiskt grepp av den politiska makten att under kristider presentera grandiosa projekt för att söka upprätthålla känslan av gemenskap och framtidstro och själva ge intryck av styrka – och betänkligheterna man tidigare hade haft emot tunnelbygget lades åsido, vilka betänkligheter dessa nu kan ha varit. Beslutet var så förhastat att det togs innan både bygglov utfärdats och Vattendomstolen utrett hur grundvattnet i området skulle påverkas – att det uppdämda grundvattnet riskerade sjunka och läcka ut i den omgivande miljön stod dock redan klart, men i riksdagens beslut framställdes detta som en utmaning vilken tveklöst skulle lösas genom tekniska innovationer. Tunneln skulle stå färdig 1997.

Mycket tidigt visade det sig att den valda borrtekniken inte fungerade, och att varje meter in i berget ledde till att floder av grundvatten flödade ut. När problemen hopade sig tvingades det ursprungliga bolaget ut ur projektet. Skanska övertog tunnelbygget 1995.

Två år senare tvingades borrningen upphöra återigen. Tätningen av det läckande grundvattnet hade inte varit framgångsrikt, och nu upptäcktes att det utströmmande vattnet förgiftade den omgivande miljön – av en kemikalie som påstods vara både cancerframkallande och verka som nervgift. Miljöskandalen ansågs bero på akrylamid, som ingick i det tätningsmedel som utan större framgång användes för att täta sprickor och bristningar i urberget. Tunneln förseglades noggrant och arbetet låg nere till 2005 i väntan på lösning av problemet. En ny, mycket robust mastodontmaskin

Groda hittad på Hallandsåsen i samband med gift-
skandalen. Från Genomics Journal, hösten 1999.

hade konstruerats, som på samma gång kunde borra samt täta väg-
garna i ett lager av betong. I speciellt problematiska partier kyldes
berget ned under fryspunkten för att förvandla grundvattnet till is
och därmed förhindra läckage. Den färdiga tunneln kunde invigas
i december 2015, 18 år för sent och med en budget som överskri-
dits gånger elva.

Dock upptäcktes under 2016 svårförklarliga vibrationer med ty
åtföljande bristningar i tunnelväggarna. Trafiken begränsades me-
dan ytterligare arbete gjordes, och under de fyra åren som gått sedan
dess har inga ytterligare problem rapporterats, i alla fall inte offici-
ellt.

Giftkatastrofen skedde i trakten av Båstad, som ligger en dryg
mil från den i Ralph Adams Crams novell förekommande orten
Vallberga. Märkligt nog omtalades bara giftet och dess farlighet i

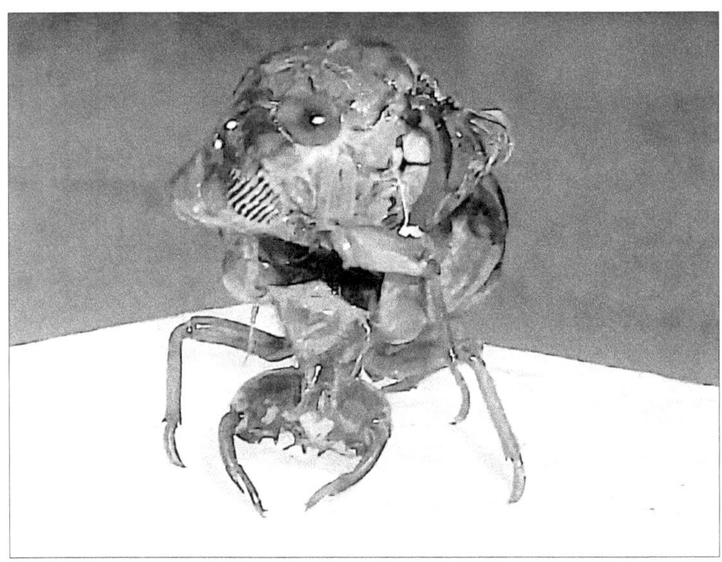

Ytterligare ett exempel från Hallandsåsen: Gräshoppa så missbildad att den knappast är igenkännbar som en sådan.

media samt offentliga utredningar, medan mycket få *konkreta* exempel gavs på hur det faktiskt hade påverkat människor, växt- och djurlivet. Här finns bara svävande uppgifter om döda fiskar i en bäck och några kor som uppvisade symtom på förlamning. Ytterligare är det märkligt att knappt någon granskare eller opinionsbildare har påpekat denna bisarra omständighet: att Sveriges största giftkatastrof genom tiderna i stort sett saknar exempel på offer.

Nu visar det sig dock att detta inte riktigt stämmer. Den som på egen hand bedriver efterforskning uppdagar att det *finns* konkreta exempel, som utredningar och myndigheter inte velat exponera. Vilket förstås bara gör saken ännu mer bisarr.

Jag hittade dem i en uppsats publicerad i höstnumret 1999 av en obskyr vetenskaplig tidskrift vid namn Genomic Journal, som utgavs vid universitetet i Warszawa – en polsk fackpublikation på engelska. Titeln är "An Inventory of Insects, Amphibians and Reptilians Found on Hallandsås, Sweden, in the Wake of the Pollution Incident". Fotona här intill är reproducerade från den tidskriften.

Uppsatsen gör gällande att en inventering av djurlivet i området av tunnelbygget uppdagade en oväntad mängd sjuka organismer med såväl missbildningar som beteendestörningar, och drar i tvivelsmål att förgiftning av akrylamid på egen hand skulle ha kunnat åstadkomma detta i en sådan omfattning. Uppsatsförfattarna – tre biologer från Lunds universitet – jämför istället skadorna med det man kan förvänta sig vid stark och ihållande bestrålning från exempelvis en atombombskrater eller en kärnkraftsolycka. Men radioaktiv strålning kunde inte förklara de märkliga *färgnyanser* som framträdde på de organismer hos vilka sjukdomsprocessen framskridit allra längst. De flimrande färgerna saknade motsvarigheter i vårt synliga och osynliga spektrum eller i blandningar av grundfärgerna; detta ville författarna dock inte fördjupa sig i med hänvisning till att de var biologer och inte fysiker. Dock tillade de att bara tidiga stadier av påverkan gick att fotografera; de tynande varelserna i slutstadiet av upplösning fastnade inte på film. Negativen uppvisade bara ett nebulöst kaos av (normala) färger och svampaktiga dimformationer, som om själva den optiska processen hade

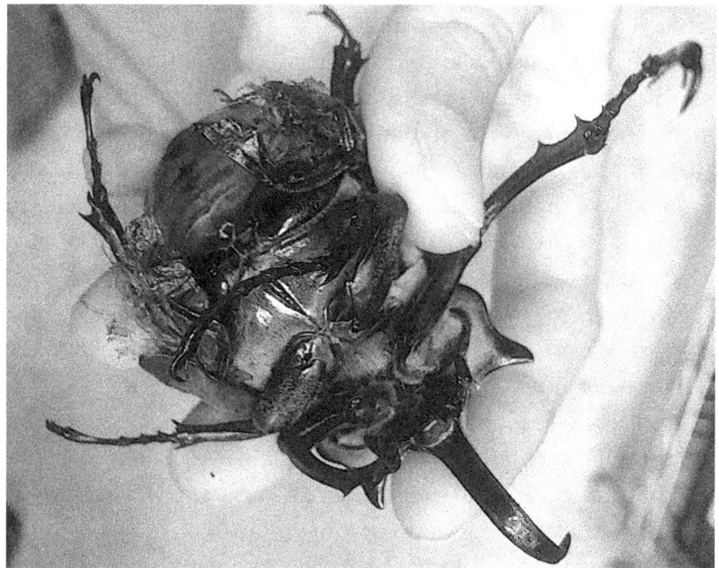

Starkt förvuxen och missbildad tordyvel från Hallandsåsen.

43

brutit samman vid fotograferingen. De gjorde ett försök med den dåförtiden nya digitala fototekniken, med samma resultat.

I juli 2019 ringde jag upp forskarna och författarna, som framförde önskemålet att inte bli omnämnda med namn i detta sammanhang. Jag talade enskilt med dem under samma eftermiddag, och de bekräftade samstämt och till synes oberoende av varandra att deras uppsats blev refuserad utifrån diverse svepskäl i alla svenska facktidskrifter samt motsvarande i Tyskland, Storbritannien och USA. De ville inte gå så långt att de hävdade att påtryckningar eller någon konspiration låg bakom detta; de konstaterade bara att vissa av deras upptäckter var av en sådan oväntad och kontroversiell natur att de inte kunde förväntas bli omgående accepterade av det vetenskapliga kollektivet. Dock uttryckte de stora betänkligheter angående det faktum att en specialfraktion av den svenska armén hade inkallats nattetid till området för att avliva och kremera sjuka däggdjur såsom älgar och rådjur, strax innan deras inventering påbörjades, och att detta omnämnande blev struket av redaktören i den polska tidskriften. Likaså ströks uppgiften om de många bosatta i området som hade uppvisat psykiatriska symtom (antagligen beroende på neurologiska skador) såsom håglöshet, djup depression och våldsamma aggressiva utbrott som ibland fått mordisk utgång, och som spärrats in på en enskild och isolerad psykiatrisk avdelning i Ängelholm. Jag kan bara konstatera att dessa två sista uppgifter inte omnämns någonstans i offentliga källor.

Osökt kopplar vi samman dessa händelser och fenomen med den gäckande Döda Dalen i samma trakt av Hallandsåsen. Och sålunda fördjupas mysteriet med dess koppling till såväl partier i *Necronomicon* som intrigen i Lovecrafts "The Colour Out of Space".

Tätningen av sprickbildningarna i tunneln, liksom upprensningsarbetet i den kontaminerade miljön, blev efterhand framgångsrik, och låt oss hoppas att det så förbli. Men det är, som sagt, bara ett fåtal år sedan tunnelbygget avslutades, och svårförklarliga skakningar i urberget har registrerats. Både Crams och Lovecrafts noveller antyder starkt att de verkningar de beskrev bara var förkänningar av eller antydningar om något betydligt större och farligare, som hotar att bryta sig in i vår värld och verklighet.

Låt oss alltså inte vila alltför tryggt i folkhemmets famn angående Hallandsåstunneln.

*   *   *

Sålunda har jag på dessa sidor översiktligt samlat allt jag lyckats leta fram angående *Necronomicon* i Sverige. En uppsats enligt den akademiska konstens alla regler är under arbete och kommer att publiceras fackmässigt vad det lider – men jag har en viss känsla av att det kommer att bli svårt att finna en tidskrift villig att göra detta.

———————

Den Döda Dalen

Av Ralph Adams Cram

Jag har en vän, Olof Ehrensvärd, som är svensk till börden men som dock, på grund av ett sällsamt och sorgligt missöde under sina tidiga pojkår, har förenat sitt öde med den Nya Världens. Det är en kuriös historia om en halsstarrig pojke och en stolt och oförsonlig familj; detaljerna spelar ingen roll här, men de räcker för att spinna ett romantiskt nät runt den långe, gulskäggige mannen med de ledsna ögonen och rösten som passar så perfekt till vemodiga svenska visor hågkomna ifrån barndomen. Om vinterkvällarna spelar vi schack med varandra, han och jag, och efter det att någon tät, hård strid har utkämpats till slutet – vilket oftast betyder att jag har förlorat – stoppar vi våra pipor en gång till, och Ehrensvärd berättar historier för mig om den fjärran, halvt hågkomna tiden i fäderneslandet innan han gick till sjöss; historier som blir mycket underliga och otroliga alltmedan natten djupnar och brasan falnar, men historier som jag icke desto mindre till fullo tror på.

En av dem gjorde starkt intryck på mig, så jag skriver ner den här, och beklagar bara att jag inte kan återge den märkligt felfria engelskan och den fina brytningen som för mig bara stärkte berättelsens tjuskraft. Nåväl, så gott jag nu minns följer den här.

”Jag har väl aldrig berättat om hur Nils och jag gick över åsarna till Vallberga och hur vi hittade den Döda Dalen, eller vad? Nå, så

"

här gick det till. Jag bör ha varit omkring tolv år, och Nils Sjöberg, vars fars ägor gränsade till våra, var några månader yngre. Vi var oskiljaktiga på den tiden, och vad vi än gjorde så gjorde vi det tillsammans.

En gång i veckan var det marknad i Ängelholm, och Nils och jag gick alltid dit för att titta på allt konstigt och sevärt som marknaden drog till sig från hela trakten. En dag förlorade vi våra hjärtan fullständigt, för en gammal man från andra sidan Hallandsåsen[1] hade tagit med sig en liten hundvalp för att sälja, och i våra ögon var den världens allra finaste hund. Den var en rund, lurvig hanne, och så skojig att Nils och jag satte oss ner på marken och skrattade åt honom, tills han kom fram och lekte med oss på ett sådant muntert vis att vi kände att det bara fanns en enda verkligt önskansvärd sak i livet, och det var den lilla hunden som gubben från andra sidan åsen hade. Men ack! Vi hade inte ens hälften av penningsumman som han var till salu för, så vi blev tvungna att bönfalla den gamle mannen att inte sälja honom före nästa marknadsdag, och lovade att vi skulle ta med pengar för hunden då. Han gav oss sitt ord, och vi sprang hem så fort vi kunde och tjatade på våra mödrar att ge oss pengar till den lilla hunden.

Vi fick pengarna, men vi kunde inte vänta till nästa marknadsdag. Tänk om hunden skulle bli såld! Tanken skrämde oss så mycket att vi tiggde och bad om lov att gå över åsarna till Vallberga där den gamle mannen bodde, och köpa den lilla hunden själva, och till slut sade de att vi kunde få gå. Om vi gav oss av tidigt på

---

1 Crams originaltext namnger Hallandsåsen som Elfborg (Älvsborg) och Vallberga som Hallsberg, vilket är uppenbart orimligt. Älvsborg var ett län (upplöst 1998) som sträckte sig förbi Vänern upp mot Dalarna, medan Hallsberg är en ort i närheten av Örebro – ingen av dem i närheten av skånska Ängelholm. Tydligen försökte Cram hemlighålla dalens verkliga placering. Översättaren Annika Johansson kastade ett öga på kartan och förstod att åsen Elfborg och orten Vallberga i närheten av den för sina marknader berömda staden Ängelholm, tveklöst måste vara de som här anges; vilket senare också bekräftades genom fyndet av Theodor Westrins brev till A.F. Åkerberg (se sid. 15).

morgonen kunde vi vara i Vallberga klockan tre, och det blev bestämt att vi skulle sova över där hos Nils moster och ge oss av igen före middagstid nästa dag så att vi hann hem till solnedgången.

Inte långt efter gryningen var vi på väg, efter att ha mottagit noggranna instruktioner om vad vi skulle göra under alla möjliga och omöjliga omständigheter, och slutligen en upprepad tillsägelse att vi måste börja gå hemåt vid samma tid nästa dag så att vi tryggt skulle hinna hem före kvällen.

För oss var det ett storartat nöje, och med våra bössor gav vi oss iväg uppfyllda av känslan att vara mycket viktiga. Ändå var färden enkel nog, längs en ordentlig väg och över höjderna vi kände så väl, eftersom Nils och jag hade jagat över halva socknen på vår sida om den avgränsande Hallandsåsen. Bortom Ängelholm låg en lång dal från vilken de lägre sluttningarna reste sig, och denna måste vi korsa för att sedan följa landsvägen utmed åsen i någon halvmil, innan en smal gångstig vek av åt vänster och ledde upp genom passet.

Ingenting av intresse inträffade på vägen över, och när vi nådde Vallberga i laga tid fann vi till vår outsägliga glädje att den lilla hunden inte var såld, tillfärsakrade oss honom, och gick så hem till Nils moster för att tillbringa natten där.

Varför vi inte gav oss av tidigt nästa dag minns jag inte riktigt; i alla händelser vet jag att vi stannade vid en skjutbana strax utanför byn, där ytterst tilltalande grisar av kartong långsamt gled fram genom målat lövverk och på så sätt tjänade som förträffliga måltavlor. Resultatet blev att vi inte riktigt kom iväg hemåt förrän på eftermiddagen, och när vi långt om länge fann oss sträva uppför åsbranten med solen farligt nära krönet, tror jag nog att vi kände oss lite illa till mods inför utsikten av den utfrågning och möjliga bestraffning som skulle vänta oss när vi kom hem vid midnatt.

Därför skyndade vi oss så mycket vi kunde uppför bergssluttningen, medan den blå skymningen kröp allt närmare och ljuset slocknade på den djupröda himlen. I början hade vi pratat uppsluppet, och den lilla hunden hade skuttat framför oss i gränslös glädje. Efterhand kom emellertid en underlig beklämning över oss. Vi talade inte, visslade inte ens, och under tiden började den lilla hunden sacka efter, den följde oss med tvekan i varje muskel.

Vi hade passerat utlöparna och de lägre höjderna och var nära
själva åskammen, när livet tycktes lämna hela omgivningen så att
världen dog ut, så plötsligt tystnade skogen, så stillastående blev
luften. Instinktivt stannade vi till för att lyssna.

Fullkomlig tystnad – den förkrossande tystnaden i djupa ur-
skogsnätter; och mer ändå, ty till och med i de skogklädda ber-
gens mest ogenomträngliga fästen hörs alltid det myllrande sorlet
av små liv som har väckts av mörkret, och som förstorats och för-
stärks av luftens stillhet och den djupa natten. Men här och nu
tycktes tystnaden inte brytas av så mycket som ett löv som vändes,
en kvist som rördes, ljudet av en nattfågel eller insekt. Jag kunde
höra blodet dunka genom ådrorna, och när vi med tveksamma
steg fortsatte lät gräsets frasande under våra fötter som braket av
fallande träd.

Och luften var helt stillastående – död. Atmosfären tycktes pres-
sa mot kroppen, likt havets tyngd mot en dykare som har vågat
sig alltför långt ned i dess förfärande djup. Det vi vanligtvis kallar
tystnad verkar blott vara det i jämförelse med vardagsupplevelser-
nas larm. Det här var tystnad i absolut mening, och den utplånade
tankeförmågan samtidigt som den förhöjde sinnesförnimmelser-
na och förde med sig den fasansfulla bördan av outsläcklig fruktan.

Jag vet att Nils och jag stirrade på varandra i ömklig skräck och
lyssnade på vår snabba, tunga andhämtning, som för våra spända
sinnen lät som bruset av en nyckfull fors. Och den stackars lilla
hunden vi ledde rättfärdigade vår fasa. Den svarta beklämningen
tycktes tillintetgöra honom precis som den tillintetgjorde oss. Han
tryckte sig mot marken och gnydde ynkligt, och släpade sig sakta
och mödosamt närmare Nils fötter. Jag tror att denna förevisning
av absolut djurisk skräck var droppen, och den skulle oundvikli-
gen ha fått vett och sans att rämna – åtminstone mitt – men just
då, när vi stod där bävande på gränsen till vanvett, hördes ett ljud
så hemskt, så spöklikt, så fruktansvärt, att det tycktes väcka oss ur
den döda förtrollningen som fångat oss.

Ur tystnadens djup ljöd ett skrik, som började i ett lågt, sorgset
jämmer, steg till ett skälvande tjut, och kulminerade i ett vrål som
tycktes slita natten itu och klyva världen likt en väldig naturkata-

strof. Så fasansfullt var det att jag inte kunde tro att det faktiskt existerade; det överträffade all tidigare erfarenhet och trosförmåga, och för ett ögonblick trodde jag att det var frukten av min egen djuriska skräck, en hallucination född ur vacklande förstånd.

En blick mot Nils skingrade dessa tankar som en blixt. I det svaga skenet från de avlägsna stjärnorna förkroppsligade han all mänsklig fasa man kan föreställa sig, bävande av rysningar med hakan slappt hängande, med tungan ute, med ögonen buktande som på en hängd. Utan ett ord flydde vi. Den paniska rädslan gav oss styrka nog, och med den lilla hunden hårt sluten i Nils famn störtade vi tillsammans nedför den djävulska åsens sluttning – vart som helst, målet hade ingen betydelse. Vi hade blott en enda instinkt – att komma bort från denna plats.

Så under de svarta träden och de fjärran vita stjärnorna som blänkte genom de orörliga löven ovanför oss, vräkte vi oss utför branten utan tanke på stig eller landmärke, rätt igenom de trassliga snåren, tvärs över vattendrag, över myrar och genom dungar, vart som helst bara vår färd gick nedför.

Hur länge vi sprang på det sättet har jag ingen aning om, men efterhand lade vi skogen bakom oss och hamnade nere i utlöparna, och föll utmattade omkull i det korta torra gräset flämtande som trötta hundar.

Det var ljusare här i det öppna landskapet, och så småningom tittade vi oss omkring för att se efter var vi var, och vart vi skulle styra kosan för att hitta stigen som skulle föra oss hem. Förgäves letade vi efter något bekant landmärke. Bakom oss reste sig den svarta skogen på bergssidan; framför oss låg de böljande kullarna som bildade åsens utlöpare, obrutna av träd eller klippblock, och där bortom syntes bara den svarta himmelsslöjan, upplyst av oräkneliga stjärnor som fick dess sammetsdjup att skifta i lysande grått.

Såvitt jag minns yttrade vi inte ett ord till varandra. Skräcken vilade för tung vöer oss för prat, men så småningom reste vi oss bägge två och började gå över höjderna.

Fortfarande samma tystnad, samma döda, orörliga luft – luft som var på en och samma gång kvalmig och kylig: en tung hetta genomträngd av isande kyla, som nästan liknade den brännande känslan man får av fruset stål. Fortfarande med den hjälplösa hunden i famnen strävade Nils vidare över kullarna, och jag följde tätt bakom honom. Till slut reste sig framför oss en sluttande hed som nuddade vid de vita stjärnorna. Vi gick uttröttat uppför, nådde krönet, och fann os stå och titta ner i en stor, regelbunden dal, fylld halvvägs upp till kanten med – vad?

Så långt ögat nådde sträckte sig en jämn askvit slätt, vagt fosforescerande, ett hav av sammetsdimma som låg stilla som orört vatten, eller snarare some tt golv av alabaster, så kompakt tedde det sig, så förmöget att uppbära tyngd. Om det vore möjligt tror jag att det där havet av död vit dimma väckte en ännu större fasa i min själ än den tunga tystnaden eller det dödliga skriet – så hotfullt verkade det, så ytterligt overkligt, så spöklikt, så omöjligt där det låg likt en död ocean under de orubbliga stjärnorna. Men genom den dimman *måste vi gå!* Det tycktes inte finnas någon annan väg hem, och tillintetgjorde av den ömkliga rädslan, utom oss av begäret att komma tillrätta, började vi gå nedför sluttningen till det ställe där havet av mjölkvitt töcken slutade, skarpt och tydligt mot de grova grässtråna.

Jag stack ned en fot i den spöklika dimman. En kyla som av rena döden ilade till i mig och fick hjärtat att stanna, och jag kastade mig baklänges på sluttningen. I det ögonblicket ljöd återigen skriet, närmare, nära, rakt in i våra öron, inuti oss – och långt ute i det skändliga havet såg jag den kalla dimman höja sig som en vattenstråla och kasta sig uppåt i slingrande virvlar mot skyn. Stjärnorna började fördunklas när täta ångar svepte över dem, och i det växande mörkret såg jag en stor, vattensjuk måne som långsamt lyfte sig över det skälvande havet, väldig och otydlig i det tätnande diset.

Därmed var det nog; vi vände och flydde längs kanten av det vita havet som nu pulserade med ryckiga rörelser nedanför oss, som steg och steg, sakta men säkert, och drev oss allt högre uppför sluttningen.

Vi sprang för livet, det insåg vi. Hur vi orkade hålla farten kan jag omöjligt förstå, men det gjorde vi, och till slut lämnade vi det vita havet bakom oss då vi stapplade upp ur dalens ände och därifrån ned i en trakt vi kände igen, och sålunda vidare ut på den gamla stigen. Det sista jag minns är att jag hörde en främmande röst, som var Nils stämma men fasansfull förändrad, och som brutet stammade 'Hunden är död!' Därpå snurrade världen runt två varv, långsamt och oemotståndligt, och medvetandet slocknade tvärt.

Såvitt jag minns var det omkring tre veckor senare som jag vaknade och fick se min mor sitta bredvid sängen. Jag kunde inte tänka särskilt klart i början, men efterhand som jag sakta återfick krafterna började jag få vaga blänk av hågkomster, och litet i taget kom hela följden av händelser under den hemska natten i den Döda Dalen tillbaka i minnet. Allt jag kunde utröna av det som berättades för mig var att jag tre veckor tidigare hade påträffats i min egen säng, häftigt sjuk, och att min sjukdom snabbt övergick i hjärnhinneinflammation. Jag försökte berätta om de fruktansvärda ting som hade hänt mig, men jag förstod genast att ingen såg dem som annat än efterhängsna minnen av bortdöende delirium, och så kom det sig att jag slöt min mun och höll saken för mig själv.

Emellertid måste jag absolut få träffa Nils, och följaktligen frågade jag efter honom. Min mor berättade att också han hade legat sjuk i en underlig feber, men att han nu var fullt frisk igen. Så småningom visades han in till mig, och när vi blev ensamma började jag tala med honom om natten på berget. Jag kommer aldrig att glömma chocken som slog ned mig mot kudden när pojken förnekade alltihop: förnekade att han hade följt med mig, att han någonsin hade hört skriet, att han hade sett dalen eller känt den spöklika dimmans dödskyla. Ingenting kunde rubba hans bergfasta okunnighet, och mot min egen vilja tvingades jag att medge att hans förnekelser inte kom sig av avsiktligt förtigande, utan av renaste glömska.

Min försvagade hjärna var i uppror. Var alltsammans blott min feberyrsel som spökat? Eller hade verkliga fasor fått allt som rörde händelserna under natten i den Döda Dalen att utplånas ur Nils medvetande? Den senare förklaringen tycktes vara den enda möjliga, hur förklarades annars den plötsliga sjukdom som under en och samma natt hade slagit omkull oss bägge? Jag sade ingenting mer, vare sig till Nils eller till min egen familj, utan väntade, allt fastare besluten att jag så snart jag var frisk igen skulle leta reda på den där dalen, om den fanns på riktigt.

Det dröjde några veckor innan jag var tillräckligt frisk för att komma iväg, men sent i september valde jag slutligen en klar, varm, vindstilla dag, den döende sommarens sista leende, och gav mig tidigt på morgonen ut längs stigen som ledde till Vallberga. Jag var säker på att jag visste var den mindre stigen vek in åt höger, den vi hade kommit nedför på väg från den av dött vatten fyllda dalen, ty ett stort träd växte intill Vallberga-stigen på just det ställe där vi med känslan av att vara räddade hade hittat vägen hem. Så småningom fick jag se det till höger, en liten bit längre fram.

Jag tror att det starka solskenet och den klara luften hade verkat som medicin på mig, ty när jag kom ända fram till jättetallen hade jag alldeles förlorat tron på någon verklighet bakom visionen som hemsökte mig, och trodde äntligen att den inte var mer än en sjuk mardröm. Icke desto mindre svängde jag tvärt åt höger vid trädets fot, in på en trång stig som ledde genom ett tätt snår. Just som jag gjorde det snubblade jag på någonting. En svärm av flugor surrade upp i luften kring mig, och då jag tittade ned fick jag se den toviga pälsen och de stackars små benknotorna som stack ut, resterna av hunden vi hade köpt i Vallberga.

Då blåstes mitt mod ut som en ljuslåga, och jag visste att alltsammans var sant, och att jag nu var rädd. Stoltheten och längtan efter äventyr drev mig emellertid vidare, och jag trängde framåt i det täta snår som stod i vägen för mig. Stigen var knappt synlig, blott utstakad av småvilt. Trots att man kunde se var den gick i det styva gräset, växte buskarna ovanför yvigt och nästan ogenomträngligt. Marken höjde sig långsamt, och i takt med höjningen glesnade växtligheten, tills jag slutligen kom ut på en väldig sluttning. Den var obruten av träd eller buskar, och liknade till fullo mitt minne av den höjd vi hade bestigit så att vi skulle få se den döda dalen och den isande dimman. Jag tittade mot solen; dagen var ljus och klar, och överallt surrade insekter i höstluften, och fåglar pilade hit och dit. Inte kunde det vara någon fara, åtminstone inte förrän till kvällningen. Jag satte igång att vissla, och sprang uppför den sista backen till den bruna höjdens krön.

Där låg den Döda Dalen! En väldig oval sänka, nästan lika slät och regelbunden som om den vore gjord av människohand. På alla sidor kröp gräset över randen på de omgivande kullarna, dammigt grönt på krönen, sedan bleknande till askbrunt, och därefter till dödsvitt, och denna sista färg bildade en tunn cirkel som löpte i en lång linje runt sluttningen. Och därefter? Ingenting. Bar, brun, hård jord, som glittrade av metalliska små gruskorn men i övrigt var ofruktsam och död. Inte en grästuva, inte en kvist, inte ens en sten, endast en väldig vidd av packad lerjord.

Mitt i sänkan, kanske två kilometer bort, bröts den släta vidden av ett stort dött träd, som avlövat och utmärglat reste sig högt upp i luften. Utan ett ögonblicks tvekan begav jag mig ned i dalen och styrde kosan mot detta mål. Varje uns av rädsla tycktes ha lämnat mig, och inte ens själva dalen såg så hemskt farlig ut. Hur som helst drevs jag av en överväldigande nyfikenhet, och det tycktes bara finnas en enda sak i världen att göra – att gå till det där Trädet! Medan jag knogade fram över den hårda jorden märkte jag att de otaliga ljuden av fåglar och insekter hade dött bort. Inget bi, ingen fjäril svävade genom luften, inga insekter hoppade eller kröp över den dystra jorden. Själva luften var stillastående.

När jag nalkades det skelettlika trädet fick jag se solljuset blänka på ett slagsvit driva runt dess rötter, och kände en nyfiken undran. Inte förrän jag hade kommit alldeles inpå den upptäckte jag vad det var.

Överallt runt rötterna och den barklösa stammen låg ett enda virrvarr av små ben. Pyttesmå skallar av gnagare och fåglar i tusental höjde sig runt det döda trädet och spriddes ut flera meter åt alla håll, tills den förfärliga högen löstes upp i enstaka skallar och spridda spelett. Här och där syntes ett större ben – lårbenet från ett får, hovar från en häst, och på ena sidan, lojt grinande, en människoskalle.

Jag stod helt stilla och kunde bara stirra, då den tunga tystnaden plötsligt bröts av ett svagt, ödsligt skri högt över mitt huvud. Jag tittade upp och såg en stor falk vända och kretsa nedåt rakt ovanför trädet. I nästa stund föll hon orörlig ned på de bleknande benen.

Jag slogs av fasa och satte tvärt av i en väldig fart. Det snurrade i hjärnan och en underlig bedövning växte inom mig. Jag sprang i jämn takt, utan uppehåll. Slutligen lyfte jag blicken. Var fanns sluttningen upp till höjderna? Vilt såg jag mig omkring. Alldeles framför mig stod trädet med sina benhögar. Jag hade sprungit i cirklar runt det, och dalens sida låg fortfarande två kilometer bort.

Där stod jag förvirrad och förstenad. Solen höll på att sjunka, röd och matt, mot åskammen. I öster djupnade mörkret snabbt. Fanns det fortfarande tid? *Tid!* Det var inte *det* som fattades mig, utan *vilja!* Mina fötter kändes fjättrade som i en mardröm. Jag förmådde knappt släpa dem framåt över den ofruktbara jorden. Och sedan kände jag den smygande kylan krypa in i mig. Jag tittade ned. Upp ur jorden steg ett tunt dis som samlades i små pölar som växte sig allt större tills de rann ihop här och där, och virvlade i långsamma strömmar likt tunn blå rök. Kullarna i väster klöv den kopparfärgade solen. När det blev mörkt skulle jag höra det där vrålet igen, och då skulle jag dö. Jag visste det, och med varje uns vilja som återstod mig stapplade jag mot den röda västern genom det slingrande diset som våtkallt kröp runt mina vrister och försinkade mina steg.

Och medan jag kämpade mig bort från Trädet växte skräcken tills jag slutligen trodde att jag skulle dö. Tystnaden förföljde mig likt stumma spöken, den orörliga luften hejdade mina andetag, den helvetiska dimman grep efter mina fötter som kalla händer.

Men jag segrade! Fast inte ett ögonblick för tidigt. Då jag på alla fyra kravlade uppför den bruna sluttningen hörde jag, långt borta högt uppe i luften, det skri som redan sånär hade berövat mig förståndet. Det var svagt och otydligt, men omisskännligt i sin fasansfulla intensitet. Jag kastade en blick bakåt. Dimman var tjock och blek, och svallade och böljade uppför den bruna sluttningen. Himlen var gyllene under den nedgående solen, men nedanför vilade dödens askgrå färg. Jag reste mig för ett ögonblick på randen av detta helveteshav, och sedan tog jag ett språng nedför sluttningen på andra sidan. Solnedgången öppnade sig framför mig, natten slöt sig bakom min rygg, och medan jag svag och utmattad släpade mig hem förseglade mörkret den Döda Dalen.”

The Dead Valley (1895)
Övers. Annika Johansson

... är Aleph Bokförlags nya tidskrift – gratis på nätet! Ett webzine för klassiska och moderna sällsamheter, historiska och nutida märkligheter: Skräck, fantasy & science fiction i bok och film, bisarr vetenskapshistoria, steampunk, verkliga brott... Artiklar publiceras 2-4 gånger per år och ligger tillgängliga under begränsad tid. Därefter utges de i bokform.

www.weirdwebzine.com

Film- & bokrecensioner — Krönikor — E.T.A. Hoffmann — Poltergeisten i fakta och fiktion — Sweeney Todd — Dekadens — Svensk 1800-tals-science fiction — Gustav Meyrink — Edgar Allan Poe — Jack the Ripper — H.P. Lovecraft — Och mycket annat.

9 789187 619199